글 이승민

안녕! 나는 개냥이 수사대 비밀 요원이야.

다양한 사건을 정리해서 이야기로 만들지. 눈코 뜰 새 없이 바쁘지만,

개냥이 수사대 이야기를 쓸 때 제일 행복해.

내가 쓴 책은 『천하무적 개냥이 수사대』뿐이 아니야. 『승민이의 일기』,

『눈 떠 보니 슈퍼히어로』, 『개마법사 쿠키와 일요일의 돈가스』 등이 있지.

그림 윤태규

안녕! 나는 개냥이 수사대 특수 요원이야.

사건 현장 속 모든 비밀을 그림으로 표현하지. 매일 자전거를 타고

동네에 무슨 수상한 일이 일어났나, 궁금해하며 돌아다닐 때 제일 신나.

내가 쓰고 그린 책은 『소중한 하루』가 있어. 그린 책은 『한밤중 달빛 식당』,

『소곤소곤 회장』, 『신호등 특공대』 등이 있지.

천하무적 개냥이 수사대

시즌 2

⑤ 블랙 사냥단 검거 대작전

이승민 글 | 윤태규 그림

위즈덤하우스

등장인물

개냥이 수사대

뭉치 형사

솜뭉치, 사고뭉치여서 '뭉치'.
달콤한 음식과 고기를 좋아한다.
머리보다 몸이 앞서고 수영을 잘한다.
특기: 맛있게 골고루 먹기.

개냥이 수사대

까미 형사

코리안숏헤어. 몸이 까매서 '까미'.
새침해 보이지만, 따뜻한 마음씨를 가
졌다. 차분하며 냉철하게 추리한다.
특기: 무술.

개냥이 수사대

SQ 연구원

다재다능한 안드로이드.
증거물을 분석하고 개냥이 수사대
보안을 담당한다.
특기: 생명체 조사.

개냥이 수사대

엉부 연구원

특수 제작 안경을 쓴 천재 연구원.
기계 조립과 범인 잡는 도구를
만든다.
특기: 수사 물품 발명.

톰슨
제이슨의 비서

호퍼 형사
동물나라 경찰청 특별 수사대

제이슨
똑똑한 생활 발명 센터장

R1
탕비실

복도

R7
화장실

R8
창고

R4

R2
세미나실

R5

R9
대기실

R6

R3
사무실

복도

차례

프롤로그

깊은 밤, 하늘에 구름 한 점 없이 밝은 보름달이 떴어요.
"졸리다. 뭉치야, 안 자?"
승우가 하품을 하더니 금세 잠들었어요.
하지만 뭉치는 좀처럼 잠이 오지 않았어요.

까미도 마찬가지예요.

친구들이 서로 몸을 기대어 잠들었는데, 까미는 말똥말똥한

눈으로 하늘을 봤어요.

뭉치와 까미는 약속이라도 한 듯이 같은 소원을 빌었어요.

블랙 사냥단 보스

아침 여덟 시가 되기 전에 수사대원이 한자리에 모였어요.

자, 이제 진짜 블랙 사냥단 보스를 잡을 시간이야!

보통내기가 아닌데, 어떻게 잡지?

맞아! 위장까지 해서 더 잡기 힘들어졌어.

무슨 이야기냐고요? 일주일 전으로 돌아가요!

개냥이 수사대는 지난 수사에서 드디어 블랙 사냥단의
보스를 만났어요.

뭉치 형사가 말했어요.

"지금부터 이 멧돼지를 더 자세히 조사하자."

까미 형사가 대답했어요.

"맞아. 나쁜 짓을 많이 했잖아. 개냥이 수사대 원칙에 이런 말이 있지."

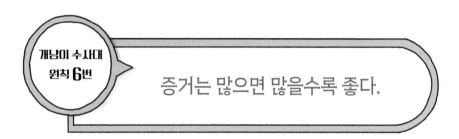

개냥이 수사대 원칙 6번

증거는 많으면 많을수록 좋다.

까미 형사는 그동안 조사했던 사건을 모두 살펴봤어요. 하지만 치밀하게 위장한 탓인지, 보스의 흔적을 찾기 어려웠어요.

뭉치 형사는 지금까지 잡은 범인들을 만나 보스에 대해 물었어요. 하나같이 모두 입을 굳게 다물고 아무 말도 안 했지요.

마지막으로 '슈퍼 꿀맛 복숭아 도난 사건'에서 검거한 하추를 만났어요.

하추는 비아냥거렸어요.

"네가 보스 정체를 안다고 해서 잡을 수 있을 것 같아? 묵비권을 행사하지."

뭉치는 답답했어요.

지칠 대로 지친 개냥이 수사대는 잠시 휴식 시간을 가졌어요.
떡볶이를 먹으며 TV를 보는데, 예상하지 못한 인물이 나왔
지요.

두 형사는 깜짝 놀라 손에 쥔 포크를 떨어뜨렸어요.

"방금 똑똑한 생활 발명 센터라고 했지?"

"맞아! 나도 들었어. 그런데 어딘지
보스랑 좀 달라. 쌍둥이인가?"

제이슨 회장

엉부 연구원이 블랙 사냥단 보스 사진과 제이슨 회장의 사진을 분석했어요.

"쌍둥이가 아니야! 제이슨은 블랙 사냥단 보스야!"

인터뷰 중인 제이슨 회장이 아주 해맑은 미소로 말했어요.

"저는 어렵고 아픈 동물들을 위해 돈을 쓸 때가 가장 보람차요. 모두 건강하고 행복하면 좋겠어요."

Q. 서로 다른 점을 찾아보세요.

까미 형사가 혀를 내둘렀어요.

"지금 블랙 사냥단 보스가 가면을 쓴 거지?"

가만있던 SQ 연구원이 말했어요.

"범죄자가 뻔뻔하게 봉사하는 척하며 살아가는 경우가 있잖아. 경찰 학교 교과서에도 나왔지."

악랄한 범죄자가 봉사를 하며 가면 쓰고 살아가는 경우가 있다. 첫 번째는 진짜 정체를 들키지 않으려는 것이고, 두 번째는 자기의 범죄를 봉사로 덮을 수 있다고 믿기 때문이다.

여기까지가 일주일 동안 제이슨에 대해 조사한 결과였어요.

두 형사는 더는 두고 볼 수 없었어요.

증거를 찾아서!

두 형사는 블랙 사냥단 수사 자료를 아주 꼼꼼하게 살폈어요. 거기에서 제이슨의 범죄를 찾으려고 했지요. 하지만 증거가 될 만한 건 안 보였어요.

"까미 형사, 아무리 봐도 우리가 가진 자료엔 없어."

"맞아. 슈퍼 강철 곰을 만났을 때 말고는 없네."

우리 개냥이 수사대 원칙 12번을 실행해 볼까?

좋은 생각이야!

개냥이 수사대 원칙 12번 용의자가 싫어할 말을 골라서 하면 범죄를 실토할 때가 있다.

두 형사는 제이슨을 만나러 갔어요.

형사들의 도발에도 제이슨은 계속 미소를 지었어요.

"뭔가 오해를 하셨나 봐요. 저는 그저 아픈 동물을 도울 뿐이에요."

그러고는 건물 안으로 몸을 틀었어요.

제이슨의 뒤통수에 대고 뭉치 형사가 소리쳤어요.

"우리는 다 알고 있어! 다시 올 테니까 기다려!"

제이슨은 아무 대답도 하지 않았어요.

까미 형사가 말했어요.

"겉으로는 웃고 있지만, 속은 천불이 날걸? 이제 제이슨이 어떻게 나오는지 지켜보자."

제이슨의 분노

해맑게 웃던 제이슨은 건물 꼭대기 층 사무실에 도착하자마자 인상이 확 바뀌었어요.

충격적인 기자 회견

다음 날 아침, 개냥이 수사대가 다시 모였어요.

두 형사는 블랙 사냥단 조직원들의 파일을 다시 한번 들여다

보았어요.

SQ 연구원이 무심코 TV 전원을 켰어요. 때마침 속보가 나왔지요.

제이슨이 굳은 표정으로 마이크 앞에 서 있었어요. 주변에는 카메라 플래시가 번쩍였지요. 그리고 화면에 수사대원이 놀랄 만한 이상한 자막이 나왔어요.

개냥이 수사대의 협박

개냥이 수사대의 영상이 재생되었어요. 어두컴컴한 공장이
나왔지요.

다시 화면이 바뀌고 이번에는 까미 형사와 SQ 연구원이 나왔어요. 덩치 큰 하마가 까미 형사에게 돈을 건넸어요.

까미 형사와 SQ 연구원은 만족해하며 미소를 지었어요.

하마는 크게 웃으며 말했어요.

"꾹꾹 눌러 담았습니다."

돈을 받고 범인을 풀어 주는 부패 경찰들

화면이 바뀌며 제이슨 회장이 나왔어요.

"이걸 보세요. 개냥이 수사대는 겉으로만 정의롭고 뒤로는 나쁜 짓을 하는 비리 경찰입니다."

뭉치 형사는 헛웃음을 지었어요.

"말도 안 돼. 저건 다 조작된 영상이야!"

까미 형사도 부르르 떨었지요.

"이런 식으로 우리를 공격하다니 너무 비열해."

하지만 화만 내고 있을 수는 없었어요. 심각한 상황이니까요.

SQ 연구원이 가짜 영상에 대해 설명했어요.

"저 영상은 딥 페이크 기술로 만든 거야."

"딥 페이크?"

"인공 지능 기술로 진짜와 가짜를 구분하기 어려울 만큼 영상을 정교하게 짜깁기하는 걸 말해."

엉부 연구원이 말했어요.

"하지만 다른 동물들은 제이슨의 말을 신싸라고 믿을 거야. 저 영상이 가짜라는 걸 밝혀야 해."

개냥이 수사대는 다 같이 발표문을 썼어요.

알려 드립니다

오늘 제이슨 회장이 발표한 내용은 전혀 사실이 아닙니다.

인공 지능으로 만든 가짜 영상입니다.

수사대를 모함하는 것은 아주 심각한 범죄입니다.

개냥이 수사대는 철저한 수사를 통해

모든 사실을 밝히겠습니다.

-개냥이 수사대 일동-

SQ 연구원이 개냥이 수사대 홈페이지에 발표문을 올렸어요.

그리고 신문사와 방송국에도 보냈지요.

그런데 다음 날 아침 '동물나라 신문'에 의도와는 다른 기사

가 실렸어요.

동물나라 신문

20XX

아침 일찍 읽는 신문

'개냥이 수사대의 두 얼굴'

뉴스에서도 개냥이 수사대를 비판했어요. 심지어 수사대 사무실 앞에 시위대도 나타났지요.

정확히 오후 두 시 십칠 분이 되자, 트렌치코트를 입은 캥거루가 개냥이 수사대로 들어왔어요.

도망가는 개냥이 수사대

까미 형사가 깊은 한숨을 푹 쉬었어요.

"화나지만 어쩔 수 없어."

뭉치 형사가 말했어요.

"일단 여기를 빠져나가자."

두 형사는 수사대의 문을 열고 나왔어요. 순식간에 여러 동물들이 두 형사를 에워쌌어요. 사진 찍는 소리와 함께 플래시가 번쩍여 눈을 뜰 수 없었어요. 여기저기에서 질문이 쏟아졌어요.

그 누구도 두 형사의 말을 들어 주지 않았어요. 모두 개냥이 수사대가 잘못했다고 소리치기 바빴지요. 두 형사는 도망치듯 빠져나올 수밖에 없었어요.

그 모습이 뉴스에 생중계되었지요.

질문을 피하고 도망가는 개냥이 수사대

실시간으로 지켜본 제이슨 회장이 말했어요.

"이제야 개냥이 수사대의 진짜 모습이 밝혀져 다행이에요. 더 깨끗하고 올바른 사회가 되길 바랍니다."

사무실로 돌아온 제이슨은 블랙 사냥단의 부하들 앞에서 낄낄거렸어요.

"하하. 복수란 이렇게 하는 거야. 속 시원해!"

비밀 작전 시작!

　뭉치 형사와 까미 형사는 땀을 뻘뻘 흘리며 자전거를 탔어요. 경찰차와 킥보드를 탈 수 없었거든요.

　두 형사는 한참을 달려 오래된 건물 앞에 도착했어요. 그리고 컴컴한 건물 안으로 들어갔어요. 제일 구석진 방에서 희미한 빛이 새어 나왔어요. 뭉치 형사가 앞장서서 문을 열었어요. 그곳에는 놀랍게도…… 호퍼 형사가 있었어요.

호퍼 형사가 말했어요.

"여기까지 오느라 고생했어요."

까미 형사가 대답했어요.

"형사님도 고생이에요."

"제이슨의 음모를 밝히려면 어쩔 수 없죠."

어떻게 된 일이냐고요? 호퍼 형사가 왔던 시간으로 돌아가야 해요.

까미 형사가 흥분해서 소리쳤어요.

"좋아요. 개냥이 수사대 원칙 141번처럼 말이에요!"

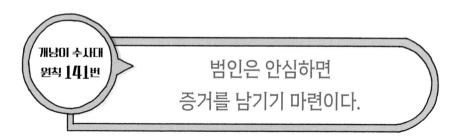

개냥이 수사대
원칙 141번

범인은 안심하면
증거를 남기기 마련이다.

마침 그때 연구원들도 장비를 챙겨서 도착했어요.

개냥이 수사대가 다시 다 모였어요.

엉부 연구원이 말했어요.

"와, 이런 식으로 블랙 사냥단이 우리를 공격할 줄 몰랐어."

SQ 연구원도 말했어요.

"이제 우리가 되돌려줄 시간이 온 것 같아!"

뭉치 형사가 말했어요.

"자! 다시 수사를 시작해 보자고."

빈틈을 찾아라!

뭉치 형사가 말했어요.

"지금부터 조작된 영상과 증거를 찾아야 해. 우선 제이슨이 있는 낙타 빌딩으로 가자!"

제이슨은 낙타 빌딩 7층 꼭대기 사무실에서 일했어요.

뭉치 형사가 말했어요.

"우리 변장해서 조사하자!"

두 형사는 건물 바깥 청소부로 변장했어요. 그러고는 옥상에서 7층으로 내려가 창문 안쪽을 살펴봤어요.

까미 형사가 말했어요.

"유리창이 거울 같아서 안쪽이 보이지 않아."

"우리 모습만 보이네."

"좋아, 그럼 엉부 연구원이 만든 걸 사용해 볼까?"

까미 형사는 '투시 안경'을 썼어요. 그러자 거울 안쪽이 선명하게 보였어요. 제이슨이 깔깔댔고, 비서 톰슨이 고개를 끄덕였어요.

뭉치 형사가 가방에서 조그마한 이어폰을 꺼냈어요.

"나는 SQ 연구원이 만든 이어폰을 낄게."

뭉치 형사가 낀 건 '도청 이어폰'이에요. 벽 너머에 있는 소리
도 선명하게 들을 수 있지요.

그때 제이슨이 창문을 바라봤어요. 두 형사는 들킬까 봐 유리창을 엄청 열심히 청소했어요. 한번 시작하니 멈출 수가 없었지요. 7층부터 1층까지 창문을 아주 깨끗하게 닦았어요.

백 명의 하마들

제이슨이 활짝 웃으며 사무실에서 나왔어요.

"개냥이 수사대도 없으니까 정말 편하군!"

아무 걱정과 의심 없이 차를 타고 이동했어요. 두 형사가 미행하는 줄은 꿈에도 몰랐지요.

제이슨이 제일 처음 도착한 곳은 조그마한 세탁소였어요. 하마들이 제이슨을 보고 인사했어요.

뭉치 형사가 말했어요.

"저기도 세탁소로 위장한 블랙 사냥단의 사무실이야."

"저런 게 얼마나 더 있을까?"

제이슨은 세탁소 말고도 박물관, 슈퍼마켓, 농장을 방문했어
요. 그때마다 하마들이 나왔지요. 제이슨이 마지막으로 도착한
곳은 경비가 삼엄한 저택이었어요.

까미 형사가 말했어요.

"한눈에 봐도 너무 수상하잖아!"

"저 안에는 뭐가 있을까?"

뭉치 형사가 똥파리처럼 생긴 작은 초소형 드론 50대를 날렸어요. 드론은 저택 구석구석을 둘러보며 삼차원 지도를 만들었어요.

자료를 받은 SQ 연구원이 말했어요.

"저택 3층에 드론도 들어갈 수 없는 비밀의 방이 있어."

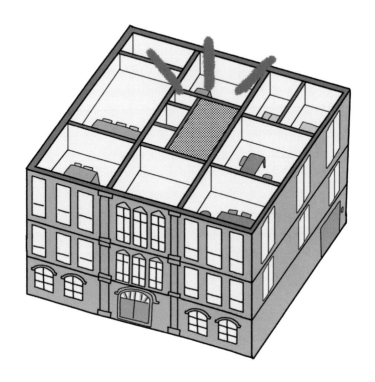

까미 형사가 혼잣말로 중얼거렸어요.

"저택 자체도 경비가 어마어마한데, 그 안에서도 비밀의 방이 있다고? 얼마나 중요한 게 있기에 그럴까?"

"우리가 몰래 잠입하자."

"좋아, 이번에 개발한 잠입 정장을 입어 보자."

잠입 정장은 평소엔 검은색이지만, 작동 버튼을 누르면 주변 배경에 맞춰 색과 무늬가 바뀌는 옷이었어요.

두 형사는 비밀의 방이 있는 3층까지 벽을 타고 올라가 도청 이어폰을 켰어요. 하마들의 대화가 들렸어요.

뭉치 형사가 말했어요.

"까미 형사, 저 안에 블랙 사냥단의 제일 중요한 정보가 있다면, 우리를 모함한 가짜 영상 자료도 저 안에 있는 거야."

"맞아. 저 방에 들어갈 방법을 찾아보자."

"막무가내로 들어가면 안 돼!"

"그래. 잘못하다간 자료가 사라질 거야!"

비밀의 방 조사

잠입 수사

　뭉치 형사와 까미 형사는 잠입 정장을 아주 잘 활용했어요. 복도 벽에 바싹 붙어 하마들을 피했지요. 그리고 비밀의 방으로 연결되는 환풍구를 찾아 올라갔어요.

　비밀의 방은 사방이 새하얀색이었고, 한가운데 컴퓨터가 있었어요.

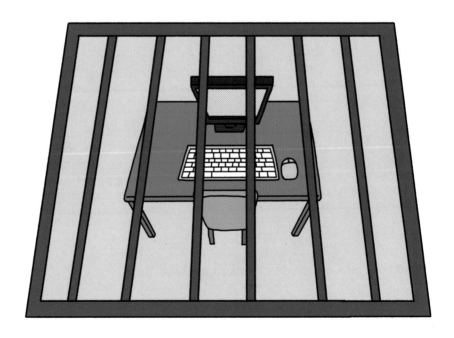

뭉치 형사가 내려갈 준비를 했어요. 그런데 까미 형사가 뭉치 형사의 팔을 붙잡았어요.

"뭔가 이상해. 개냥이 수사대 원칙 26번이 떠올라."

개냥이 수사대
원칙 26번

때론 직감을 믿어야 할 때가 있다.

까미 형사가 레이저 감지 안경을 썼어요.

그러자 수없이 뻗어 있는 레이저 보안 장치가 보였지요.

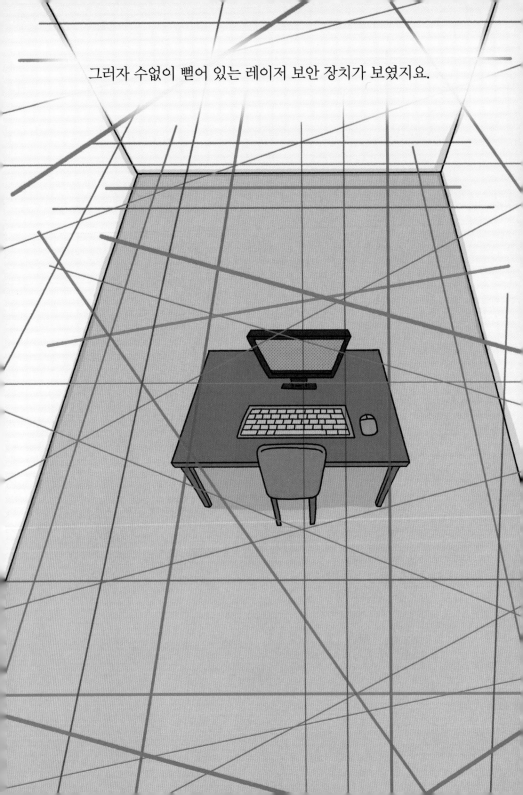

뭉치 형사는 스마트워치로 방 안을 찍어서 연구원들에게 보냈어요. 두 연구원은 사진을 분석했어요.

엉부 연구원이 말했어요.

"환풍 통로 밑으로 절대 내려가면 안 돼."

SQ 연구원이 말했어요.

"저 레이저는 특수 장치야."

[비밀의 방 보안 장치]

1. 벽과 바닥에 닿으면 컴퓨터가 파괴된다.
2. 레이저에 닿으면 컴퓨터가 파괴된다.
3. 숨소리가 감지되면 컴퓨터가 파괴된다.

뭉치 형사가 한숨을 푹 쉬었어요.

"방법을 찾아야 해. 그래야 우리 누명을 벗을 수 있어."

비밀의 방 침투 작전

개냥이 수사대는 머리를 맞대고 작전을 세웠어요.

해가 지고 나서 두 형사는 살금살금 저택 지붕으로 올라갔
어요.

작전 1) 유일한 통로는 옥상

까미 형사가 말했어요.

"비밀의 방으로 들어갈 수 있는 유일한 방법은 천장을 통하는 거야. 내 유연성으로 감지 센서를 피해 볼게!"

뭉치 형사가 고개를 끄덕였어요.

"까미 형사, 드디어 달빛 아래에서 수련했던 실력을 발휘할 시간이 왔어!"

뭉치 형사가 말했어요.

"그래도 아무런 소리를 내지 않아야 해. SQ 연구원이 만든 '소리 흡수 장치'를 써."

장치를 작동시키자 주변이 아주 조용해졌어요.

두 형사가 지붕에 있는 창을 조용히 뜯어냈어요. 그리고 비밀의 방으로 들어가는 통로를 뚫었어요.

작전 2) 벽이랑 바닥에 닿지 않는 방법

"바닥과 벽에 손이나 발이 닿으면 안 돼. 줄을 타자."

까미 형사가 줄을 허리에 두르고 아주 천천히 내려갔어요. 내려가기 전에 들숨을 잔뜩 들이킨 다음, 입을 꾹 다물었지요. 그러고는 뛰어난 유연성으로 감지 센서를 피했어요.

까미 형사는 컴퓨터를 켠 다음, 자료를 모조리 빼냈어요. 제이슨이 조작한 영상은 물론이고, 블랙 사냥단의 범죄 목록까지 저장된 자료였지요.

작전 3) 몰래 빠져나가자!

이제 다시 조용히 지붕으로 올라가기만 하면 끝이었어요. 그리고 유유히 저택을 빠져나가려던 계획이었지요. 그런데…….

하필이면 지붕으로 올라가던 까미 형사의 콧등 위에 모기 한 마리가 앉았어요. 보란 듯이 모기가 피를 쪽 빨았지요.

까미 형사는 콧등이 너무 간지러웠지만 꾹 참았어요. 하지만 결국 엄청 크게 재채기를 했어요.

에취!

그 순간부터 저택을 지키던 백 명의 하마들이 일제히 까미 형사와 뭉치 형사를 잡으러 뛰어왔어요.

뭉치 형사가 소리쳤어요.

"맨날 우리가 잡으러 다녔는데, 오늘은 블랙 사냥단이 우리를 잡으러 오네!"

까미 형사가 깔깔 웃었어요.

"우리가 얼마나 잘 도망치는지 보여 주자!"

출발

Q. 미로를 지나 경찰차를 찾으세요.

도착

긴급 발표!

다음 날 아침, 두 형사는 긴급 뉴스 영상을 개냥이 수사대 홈페이지에 올렸어요.

영상 속 까미 형사가 말했어요.

"오늘 우리는 선량한 시민으로 위장한 제이슨 회장이 블랙 사냥단의 악랄한 보스라는 것을 밝힙니다."

뭉치 형사가 이어 말했어요.

"우선 개냥이 수사대가 비리 경찰이라는 영상이 조작되었다는 증거물이 있어요."

까미 형사가 말했지요.

"블랙 사냥단이 어떤 불법적인 일을 하는지 정리된 파일도 확보했어요."

"지금 이 영상이 올라가면, 모든 수사대가 힘을 합쳐 일제히 블랙 사냥단을 검거할 거예요."

두 형사는 지금까지 조사한 자료들을 하나하나 읊고 보여 주었어요. 불법적인 일이 너무 많았지요.

지금부터는 블랙 사냥단을 잡으러 가야 해요. 하지만 개냥이

두 얼굴의 사나이, 그의 진실   ⋮

[정체를 알려 주마] ✿제이슨의 비밀

고것을 알려 주마

조회수 170 만회   · 1시간전

새동영상

블랙사냥단_ 그들의 수상한 외출 ⋮

"잡을 수 있으면 어디 잡아 보시지?!!"

우리도 수사대마왕

조회수 230 만회   · 2시간전

새동영상

수사대만으로는 부족했어요. 그래서 다른 수사대에 도움을 요청했어요.

　용맹한 토끼 수사대, 올빼미와 부엉이 수사대, 라이거 수사대, 달팽이와 다람쥐 수사대, 상아 코끼리 수사대, 안경곰 수사대 등 동물나라를 대표하는 여러 수사대가 힘을 합쳤어요. 덕분에 모든 블랙 사냥단을 검거했어요.

비겁한 제이슨

제이슨은 개냥이 수사대의 영상을 보고 화를 냈어요.

"저놈들이 또 내 일을 방해하잖아! 너무 화나!"

하지만 곧 톰슨이 한 말에 겁을 잔뜩 먹었어요.

"보스. 우리 조직원이 거의 다 잡혔어요. 어떻게 하죠?"

"뭐? 부하들이 얼마나 남았는데?"

"하나도 없어요……."

그 말에 제이슨은 자리에서 벌떡 일어났어요. 허둥지둥하며 도망가려고 사무실을 나섰지요. 하지만 빌딩 앞에는…… 제이슨이 세상에서 제일 싫어하는 형사들이 기다리고 있었어요.

뭉치 형사가 소리쳤어요.

"제이슨! 너를 조직 범죄 혐의로 체포한다!"

까미 형사가 말했어요.

"제이슨, 당신은 묵비권을 행사할 수 있으며, 변호사를 선임할 수 있다!"

제이슨은 너무 화가 나서 고래고래 소리를 질렀어요.

"내가 그렇게 만만해 보이냐! 쉽게 체포될 거 같아? 내가 왕년에 1 대 20으로 싸워서 이긴 몸이야!"

그러면서 두 형사에게 달려들었어요.

까미 형사가 제이슨을 보며 씨익 웃었어요.

"엉부 연구원이 만든 최신 발명품을 써 볼까?"

제이슨은 어떻게 됐을까요? 당연히 두 형사에게 제압당해서
수갑을 차고 경찰차로 끌려갔어요.

축하 파티!

동물나라에 평화가 찾아왔어요. 개냥이 수사대는 녹초가 되었어요.

까미 형사가 말했어요.

"드디어 우리가 해냈어!"

뭉치 형사도 기뻐했어요.

"개냥이 수사대 원칙 207번을 즐길 시간이라고!"

개냥이 수사대 원칙 207번 수사가 끝나고 다 같이 먹는 음식만큼 즐거운 게 없다.

블랙 사냥단 검거 작전에 참여한 개냥이 수사대와 모든 수사대가 모였어요. 뿐만 아니라 마을 동물들까지 찾아와 많은 음식을 요리해서 다 같이 나누어 먹었죠.

함께 먹는 음식만큼 즐거운 게 없어요!

에필로그

뭉치는 오랜만에 코를 드르렁드르렁 골며 푹 잤어요.

까미도 폭신한 잔디밭에 누워 꿀잠을 잤지요.

블랙 사냥단을 모조리 잡은 다음 날은 하루쯤 쉴 만도 한데

그럴 수 없어요.

스~윽

둘은 아무도 보지 않을 때 슬그머니 움직여요. 뭉치는 다락
방으로, 까미는 느티나무 뒤로 가서 비밀의 문 앞에 서요.
그리고 문을 열면……!

개냥이 수사대가 나와요. 아홉 시 정각이 되면 새로운 하루
가 시작돼요.

출입금지

초판 1쇄 인쇄 2025년 1월 10일 **초판 1쇄 발행** 2025년 1월 31일

글 이승민
그림 윤태규
펴낸이 최순영

어린이 문학 2팀 팀장 김선현
편집 김아름
키즈 디자인 팀장 이수현
디자인 이아진

펴낸곳 ㈜위즈덤하우스 **출판등록** 2000년 5월 23일 제13-1071호
주소 서울특별시 마포구 양화로 19 합정오피스빌딩 17층
전화 02) 2179-5600 **내용문의** 02) 6748-3811
홈페이지 www.wisdomhouse.co.kr **전자우편** kids@wisdomhouse.co.kr

ⓒ 이승민·윤태규, 2025

ISBN 979-11-7171-316-5 74810
       979-11-6812-661-9(세트)

19쪽

72~73쪽

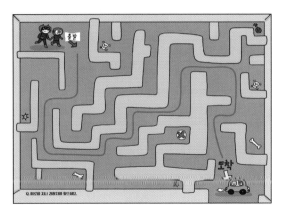